예단 속 꽃편지

신유하 시집

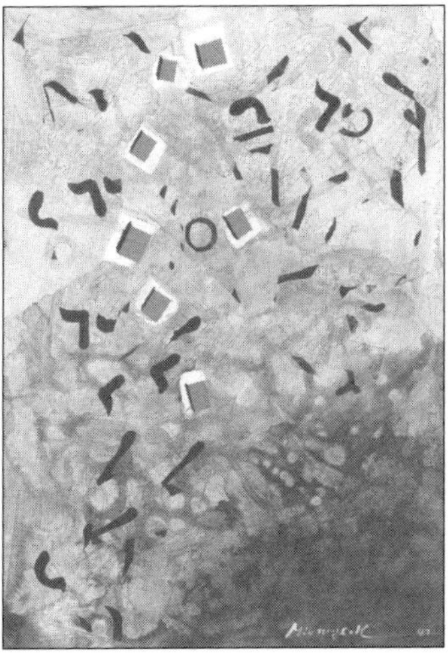

지구문학

이 도서의 국립중앙도서관 출판예정도서목록(CIP)은 서지정보유통지원시스템 홈페이지(http://seoji.nl.go.kr)와 국가자료종합목록시스템(http://www.nl.go.kr/kolisnet)에서 이용하실 수 있습니다.
(CIP제어번호 : CIP2019012863)

시집을 내면서

머리 희끗한 어느 날

길가 보도블록 실틈에 핀 풀꽃이

봄날 촉촉이 물오른 새순이

첫손주 볼 부풀린 배냇짓이

잠자고 있던 내 시심 툭 건드려 놓았네

2019년 4월 청명일에

신유하

차례

제 1 부

제 2 부

차례

제 3 부

제 4 부

차례

제 5 부

제 1 부

예단 속 꽃 편지
발
양푼
반지하방
세월호
메주꽃
남편 머리 염색하던 날
10원짜리 지폐 다섯 장
한강 오리배
황토방
통일전망대에서 본 해금강
꽃고무신
샛별
꽃의 비명

예단 속 꽃 편지

둘째 아들 혼례 날 받아놓고
예단 받던 날

하늘도 푸르러 푸르러

5월의 향기
바람에 일렁이고

색색 고운 보자기 속 예물
새아기 솜씨 눈이 부시네

꽃잎인 듯 내려쓴
정성 어린 편지 한 장

열심히 배우고 익혀서
어여쁜 며느리로 다시 태어나

가풍 이어 대대손손

행복 꽃 피우리라는 갸륵한 마음

새아기 예단 속 꽃 편지
어느 금은보화에 비하랴

기쁨 가득 찬 가정 이루어

소담스런 열매로
뿌리 내리기를 당부하마

사랑한다 우리 새아기
사랑한다 우리 새아기

발足

이른 아침
전동차가 토해낸 발들이 밀려온다

가파른 계단을
앞서거니 뒤서거니 부산하다

하이힐을 신고 뛰는 발

무거운 짐을 지고 더디게 내딛는 발

삶의 무게를 진 발소리가 술렁인다

무수한 발 발 발

바쁜 일상에서
혼탁한 세상의 힘이 되어

백번 넘어져도
다시 일으켜 세우는 발

양푼

우리 집 싱크대 위에
손때 묻은 양푼 하나

각시 되어 함께 시집온 양푼이다

큰일 작은 일 다 맡아온
시집살이 세월이 담긴 양푼

어느 날 며느리가
쪼그라진 양푼을 버리자고 한다

삶의 고개마다 닦고 또 닦으며
함께 살아온 양푼을

뒤돌아보며 차마 버리지 못한 양푼

나와 함께 낡아버린 양푼에
소중한 추억의 시간을 담아본다

반지하방

좁은 골목을 거쳐야 가는 우리 집
중간쯤에 반지하방 허름한 주렴발 틈으로

희미한 불빛이 정겹다

생선 튀기는 냄새
뚝배기 된장 끓는 냄새

안주인의 분주한 모습이 눈에 선하다

오늘도 가족의 빈 속을
따끈하게 채워 줄 찌개 냄새가

주렴발 너머에 훙건하다

세월호

KTX 새마을호는 요금이 붙지만

차표 없이 가는 세월호는
나를 싣고 잘도 가고 있다

언덕길 고갯길 눈비 내려도
쉼 없이 정차도 없이 잘도 달려간다

계절이 바뀔 때마다 속도는 빨라져서
어느 새 60킬로로 달려간다

눈만 뜨면 나를 채찍질하는 세월호

삶의 발자국을 남기면서
숨 가쁘게 달려가고 있다

메주꽃

어머니의 손길에 핀
푸른 메주꽃

갈색으로 뜸드는 메주냄새
독할수록 장맛 난다고 한다

장꽃 필 무렵에는
부정 탈까 금줄 치고

정갈한 몸가짐으로
장 담그는 어머니

지금은 볼 수 없는
푸른 메주꽃

메주꽃 그리움에
어머니 모습 눈에 어린다

남편 머리 염색하던 날

그 때

윤기 흐른 머릿결을
올백으로 넘긴 모습을 보고
한눈에 반하여 콩깍지가 씌였지

어느 새
하얀 머리가 되어 내 앞에 앉아 있는 남편

좁아진 어깨 위로
백발에 얽힌 세월이 지나간다

흰 머리카락 올올이 힘겹게 서 있는
머릿속을 살피다가

문득 코끝이 시큰해 온다

10원짜리 지폐 다섯 장

내가 어릴 때

어머니 속바지 주머니에서
10원짜리 지폐 다섯 장 보았다

며칠이 지나도 찾지 않는
10원짜리 지폐 다섯 장

자꾸만 눈이 가던
어머니 속바지 주머니 속

꼭꼭 숨어있기를 바라면서
어린 가슴만 두근두근했다

지금도 가끔

그때의 어머니 속바지 주머니가
어렴풋이 떠오르곤 한다

한강 오리배

한강에 오리배 떴다

날갯짓 못하고
날지 못하는 새

청둥오리 자맥질에
뒤뚱뒤뚱 흔들흔들

바람 불면
긴 목 끄덕이는

풍선 같은 오리배

그래도 아이들에게
사랑 받는 한강 오리배

황토방

아궁이에 지핀
생솔가지 매운 연기

눈물 되어 어머니의
소맷자락 적신다

뜨끈뜨끈 황토방

아이들의 언 손발 녹이고

호롱불 아래서 실눈으로

구멍난 양말 꿰매던
어머니의 모습

황토냄새 맡으며
꿈을 키우던 내 어린 시절

어머니 품속 같은 황토방
그립고 그립다

통일전망대에서 본 해금강

아득한 수평선은
은빛으로 떨리고

비취색 물위에
떠오르는 어머니의 환상에
먹먹한 가슴

마리아상 부처상 앞에
통일 염원 기도는
밤낮 끊임이 없는데

그리운 부모형제 소식은
파도소리에 부서지고만 있다

꽃고무신

한가위 기다리며 설레던 마음

오일장 다녀오신
어머니 장바구니에 담아온 꽃고무신

툇마루 끝에 둔 꽃고무신
문지방이 닳고 닳네

따스한 오후
노랑나비 한 마리가

꽃고무신 콧등에서 졸고 있네

가슴속 깊은 곳에서
살며시 꺼낸 내 꽃고무신

어릴 적 꿈속에서
몇 번씩 신어본 꽃고무신

행복했던 그 시절 그리워지네

샛별

감빛 노을 속에서
그대의 뜨거운 마음을 보았습니다

다가설까 망설일 때 그대는
머언 하늘로

샛별이 되어 떠났습니다.

비 오는 날 눈 내리는 날에는
그대 볼 수 없지만

때때로 맑은 밤이 있어
내 눈이 반짝입니다.

꽃의 비명

오늘은 환하게 미소 짓는 날

詩人 리본 달고 기뻐하는 날

분위기에 젖어 악수하며
인사하기 바쁜데

박수치며 주고받는 꽃다발 속에서
비명소리가 들린다

허리 잘린 꽃송이 송이마다
그 아픔 누가 알까

내일이면
덧없이 시들어버릴 하루살이 꽃

차라리 이름 모를 잡초가 되어
풀벌레와 친구하며 살고 싶단다

제 2 부

춘란

이 아침
성에 낀 유리창에

여리여리 부서지는 햇살

겨우내내 애태우던
그리움인가

청자 난분에
자주색 꽃대가 솟았네

은구슬
싱그런 미소

집안 가득 고인 이 난향에
시간을 멈추게 하고 싶구나

춘설

바람도 잠든 사이
싸리나무 가지에 눈꽃이 피었다

온 세상이 설경에 묻힌
이 설렘

나목마다 새하얀 드레스 차림으로
눈이 부시다

순결한 정념情念

춘설

개나리

꽃샘바람 부는 날
서부간선도로 양지에

길게 늘어선
앙상한 가지마다

일렁이는 햇살에
삐죽삐죽 눈 뜨더니

밤사이 활짝 피어서
하늘하늘 눈부시다

오가는 사람들에게
눈 맞추며

노랗게 웃고 있다

윤중로 벚꽃

활짝 핀 윤중로 벚꽃
화사하다

유난히 눈부시다

수줍은 앞가슴 풀어헤치듯
설렌 마음

희디 흰 빛으로
하르르 떨며 내리는 꽃잎

새하얀 벚꽃 터널 속을

끝없이 달려가는
수줍은 그리움

산수유꽃 축제

구례 산수유꽃 축제날
지리산 자락에 비구름이 분주하더니

보슬보슬 봄비가 꽃망울을 깨운다

산수유꽃은
갓 태어난 신생아의 배냇짓 미소로

방긋방긋 온 산을 물들이더니
온통 노란 꽃 수채화가 피었다

지금
구례 산골마을은

산수유 축제로
평화와 기쁨이 넘치고 있다

봄손님

우리 집 옥상 작은 텃밭에
봄소식이 왔다

꽁꽁 얼었던 땅속
따뜻한 햇살 입김으로

녹이고 녹인 텃밭에
작은 몸 기지개 핀 봄소식

연초록 새싹이 날로 짙어간다

내일 아침 식탁에는

봄내음 가득한 상추 잎 따서
함께 즐기리라

봄소식

우리 아파트 화단에
진달래가 화사하게 미소 짓던 날

커다란 상자 하나 택배로 왔습니다.

상자 속에는
고구마 종자 자줏빛 씨눈에
수줍은 듯 새색시의 미소가 어리고

까만 비닐봉지 속 어린 쑥 한줌

고향 봄소식 전하고파
몸을 비집고 따라왔습니다.

쌀자루 팥자루 콩자루에는

논두렁 밭두렁 호미질로
어머니의 땀방울이 배어 있습니다.

상자 속 봄소식에

거칠어진 어머니의 손마디가 떠올라
뭉클해진 마음입니다.

봄을 기다리는 마음

삭풍에 잔가지 울부짖는 섣달
까치도 마실 왔다가 칼바람에 달아난다

우수雨水 지나 훈풍 불어오니

묵묵히 서 있던 겨울나무들
기지개 펴고

촉촉이 내린 가랑비에
숨을 고른다

머지않아 허전했던 나목에도
연분홍 봄볕이
따스하게 감돌겠지

태양광

둘째 아들 장가보낸 빈자리에
태양광을 들였다

옥탑에 자리 잡은 태양광은
햇살을 모아 모아서

우리 집 전력 소모 막아주는
일등 공신이다

정이월 추운 날에도
봄날 같은 훈훈한 거실 창가에는

화초들이 다투어 꽃망울을 터뜨리니
우리 집은 봄 향기로 가득 찼다

제주도에서

여고 시절에
수학여행 갔던 곳

하늘이 트여서
가슴이 열리고

어디선가 유채꽃 향기가 휘돌아
내게 감기던 곳

삶의 지친 날개
잠시 접어놓고

친구들과 함께
다시 찾은 제주도

반세기 역사 속에서

너나 허물없이

가슴속 응어리 토해 내면서

우리는

밤새우며
또 하나의 꿈을 설계했지

손자의 미소

두 돌 된 손자가
티 없이 웃고 있다

말문이 트일 듯 트일 듯
딸싹거리는 고 꽃잎 같은 입술

하부지 하무니

몸짓으로 말하는 손자가
무지개 피어오르는 미소로

내 마음에
기쁨 가득 채워주고 있다

조롱박

따사로운 봄날

우리 집 담장 아래
내가 심은 박씨 한 알

푸른 달빛 받아
조금씩 자라더니

조롱조롱 박꽃이
뽀얗게 피었네

그 뽀얀 얼굴

조롱 박꽃이 영글어
방실방실 웃기만 하는데

꼭 우리 아기 볼기짝 같아라

초록 빗소리

창문 두드리는 소리에
초록 비 내리는 소리

후드득 후드득
나뭇잎 두들기는 빗소리

오뉴월 초록 빗소리는
초여름의 가락

아름다운 하모니

빗소리
초록 빗소리

옥상에 핀 풀꽃

고층 아파트 옥상에 핀 풀꽃
하늘에 닿을 듯 닿을 듯 발돋움하네

뙤약볕에 탄 얼굴
소나기 한 줄기에 잔잔한 미소 어리고

흰나비 노랑나비
잠자리 등에 업혀 왔는가

이름도 없는 풀꽃에 앉아
마냥 어르고 있네

제 3 부

가을
귀뚜라미
지는 잎
낙엽
단풍
가을 선물
하늘공원 억새축제
하늘과 구름
산국화
풀꽃
코스모스
개망초
허수아비
장마와 태양

가을

파란 가을 하늘 아래
황금들판 알곡식 익어가는 소리

초가지붕 위에
뽀얀 박은 만삭 되어 꿈꾸고

빨간 고추와 함께
가을볕에 졸고 있다

산허리를 감도는 햇솜 같은 구름 아래
빛깔 고운 단풍 눈이 부시다

노을이 붉게 타는 서녘 하늘에
고추잠자리 떼 꽃 비행으로 가을이 깊어간다

귀뚜라미

우리 집 베란다에서
귀뚜라미가 울어댄다

무더위가 갔음을 알리는가
가을이 오고 있음을 알리는가

살며시 눈을 감으니

한겨울 고향집 문풍지 울음소리
귓전에 와 닿고

어머니의 거친 숨소리가 스친다

이 밤
귀뚜라미 울음소리에

열사흘 달빛도 베란다에 머물고
가을이 깊어만 간다

지는 잎

우리 집 거실에 놓인 알록카시아

더위에 지쳤음인가
누렇게 말라 가네

네 살짜리 손녀가 하는 말
"어허! 이 이파리는 할머니처럼 늙어버렸네"

깜짝 놀라 다시 물어봐도
야무진 대답에 또 놀랐네

어린이 눈은 정직한 것
어느 새 내 모습 지는 잎 되어가네

낙엽

거리에 가로수
노을에 물들고

훨훨 벗어버린
메마른 나무들 아래

벗겨진 옷자락
우수수 바람이 몰고 간다

석양도 기운 산마루에
가을비 촉촉이 내리는데

단풍

태양이 내려와 물감을 뿌리니

울긋불긋 화려한 산
온통 불꽃놀이다

가을이 타는 소리
황홀!
탄성!

내 가슴도 덩달아 탄다

빨갛게 탄다

가을 선물

찬 서리 내린 새벽
풀섶 헤치고 온 추수한 곡식

우리 집 거실에 가득하다

서리태 수수 깨 현미 흑미 팥
따뜻한 남쪽 내 친정 언니가 보내준 가을 선물

푸짐한 정이 솟는다

자루 속에
알알이 여문 곡식마다
울언니 깊은 사랑 가득하여라

하늘공원 억새축제

하늘공원에 낭만의 꽃
억새축제 열렸네

멀리서 불어오는 스산한 바람에
은물결 출렁이고

드높은 환호성에
은빛 파도 출렁인다

고사리 손에도
소원 적은 쪽지와 함께

노을빛 물든 억새와 나란히
포즈를 취한 얼굴 얼굴들

셔터소리에 함박웃음 날리네

하늘과 구름

바다에 떠 있는 쪽빛 하늘에
떠 있는 구름에 내 마음 싣고
고달픈 삶 잠시 내려놓는다
요술쟁이 하늘을 부러워하니
갑자기 흑운黑雲이 나타나서
시시각각 변한 하늘을 바라
눈을 감고 생각해 보니
모든 것이 순리라 따르라 하네

산국화

내 이름은 산국화
고요한 산자락에 핀 산국화

산들바람이 나를 깨우고
고운 해님 나를 반기면

산새도 찾아와서 노래 부르고

나비도 나풀나풀 춤을 추다가
살며시 날아 앉아 입맞춤한다

내 이름은 산국화 외롭지 않네

밤마다 풀벌레 합창소리에
달님도 빵긋 별님도 반짝반짝 손뼉을 치네

풀꽃

무심코 지나가던 어느 길목에

돌계단 틈새 이름 모를 풀꽃 하나
나를 화들짝 놀라게 했다

발끝에 채이고 밟혀서
흙도 물도 빛도 없는
어두운 틈새에

먼지에 쌓인 작은 몸 숨기고
옹색한 빗물에 목축이며

얼마나 큰 고통을 이겨야만 했을까?

신의 조화로 잉태한
작은 풀꽃 앞에 선 나

한참 동안 걸음을 멈추고 있다

코스모스

척박한 곳에서도 잡초처럼 자라네

가는 허리 한들한들 분홍빛 가슴 열고

제일 먼저 가을을 맞이하네

코스모스 닮고픈 갈래머리 소녀가

파란 하늘 이고 목을 빼네

찬이슬에 놀란 하얀 코스모스

청초로운 자태로 내 마음 설레게 하네

개망초

하늘공원 산책길에
살랑대는 개망초꽃

송이송이 무리지어
은물결로 출렁인다

가녀린 예쁜 꽃이
하필이면 개망초 이름표 달았는가

아지랑이 핀 하늘공원에
껍질 벗은 망초꽃이

등불 되어 길을 밝힌다

이름인들 어떠하리
온통 소금꽃 같은

너의 하얀 미소는 망초꽃

허수아비

누더기 옷 얻어 입고 깃을 세우고
두 팔 벌리니 황금들판 주인이다

헛기침 한 번에 참새 떼 줄행랑 치고
황금물결에 춤추는 행복한 허수아비

지푸라기 가슴속에 알곡식 채우고
하늘 한 번 쳐다보며

가을 들판 친구들과 훨훨 날고 싶어라

장마와 태양

2010년 여름

꼬박 70일을 쏟아 붓던 장맛비
주룩주룩 하염없이 내립니다

장맛비 개이고

하늘이 꿈처럼 푸르르니
햇살 가득 채반에 담아봅니다

장맛비 그친 오늘은

일상 보던 태양인데도
더욱 반갑습니다

먼 길 떠났다 돌아온
님을 본 듯

제 4 부

텃새

눈 덮인 한강에
퍼덕이는 새 한 마리

허기진 배 잡초씨로 채우고
얼음물로 갈한 목 축여도

한강으로만 한강으로만
날아드는 새 한 마리

푸르른 하늘을 향해 날고 또 날아도
한강을 떠나지 못하는 새

봄을 기다리며 한강변을 맴도는
아름다운 텃새

둥지

- 아들 장가가던 날

35년 세월
웃음꽃 피던 둥지

어미 사랑 즐기던
요람지에서

때가 되어 떠나야 하는
새끼 새 한 마리

눈부신 오월에 짝을 찾아서
날개 퍼득이는

새끼 새 한 마리

부디 따뜻한 새 둥지에서
행복 꽃 피어나라

미운 다섯 살

미운 다섯 살 우리 손녀
꽃봉오리 같은 입술이
밤새 활짝 피었다

석류알 같은 젖니에
짧은 혀로 쉴 틈 없이 재잘재잘
청개구리 같은 미운 다섯 살

아쉬울 땐 할머니 부르고
엄지손가락 세워서
보너스로 윙크까지 보내온다

그러다가 아빠 엄마 퇴근하면
손녀 마음이 금세 변하여
할머니 빨리 가라고 눈 흘긴다

미운 다섯 살 우리 손녀
잠시 서운하다가도

고 청개구리 같은 마음속 들어가 보면

그래도 이쁘기만 한 우리 손녀
이것이 핏줄임을 어찌하랴

워메 으짤까

워메 으짤까

얼었던 강물이 채 풀리지 안 했는디
아직 봄 맞을 준비도 안 했는디
이 산 저 산 철쭉꽃이 활활 타오르네

워메 으짤까

봄 꽃놀이 나서려는디
추적추적 심술난 봄비가
봄꽃 사그리 몰고 가브렀네

워메 으짤까

그리운 님 떠나듯이
봄이 소리 없이 가브리니

내 마음 텅 비었네

워메 으짤까?

마지막 남은 달력 한 장

한 장 남은 달력 속에는
꿈같이 달려온 발자국 소리가 있다

새 생명 태어나는 소리
함진아비 외치는 소리

갑자기 세상을 떠나는 슬픈 소리
성탄절의 거룩한 합창소리

자선냄비에 온정 넘치는 소리
제야의 종소리

가만히 귀 기울이면
크고 작은 몸짓소리가

마지막 남은 달력 한 장 속에
굽이굽이 흐르고 있다

울아부지

햇살처럼 따사로운
울아부지 사랑

고기반찬 상에 오르면
자식들 앞에 밀어놓고

물 말아 드시던 울아부지

하찮은 풋감도
자식 입이 먼저이고

어릴 적 울아부지는
물 말은 밥만 좋아하셨다

동지선달 긴긴 밤이면

행여 식을세라
군고구마 가슴에 품고

마루 끝에서 기다리던
울아부지 크신 사랑

어느 태산에 비할까

세상 떠난 그 날까지
가족 사랑에 몰래 마음 태우시던 울아부지

나 어느새 그 자리에 앉아서
물 말은 밥그릇 앞에서 목이 메인다

고향

천릿길 달려간 내 고향 해남

문득 억새밭 사이로
흰머리 휘날리며 달려온

어머니 모습이 눈에 어린다

추수 끝난 들판엔
예나 지금이나

땀방울 홍건히 녹아 있고

땅 끝 갯벌에는
주린 배 채워주던 조개 바구니가

뻘 속에 묻혀 깊은 잠에 취해 있다

억새밭 품속에서 옛 친구들과

꿈꾸듯 짧은 시간 보내고

아쉬운 작별은 억새 울음소리로
스산하기만 하다

길고양이

안개 어린 꽃 새벽
체감온도 영하 16도

월드컵 스포랜드에 운동가는 길에

어미 길고양이가

새끼 고양이 셋을 데리고
서성이고 있었다

쓰레기통 주위를
맴돌던 새끼 고양이가

나를 보더니
경계의 눈빛으로 몸을 사린다

저만큼에서
긴 꼬리 쳐들고 총기어린 눈빛으로

어미 길고양이가
눈을 껌벅이고 있다

땅끝마을 친정집

땅끝마을 친정집 뜨락에 서니
쑥꾹새 울음소리 뒷산에 흥건하고

벚꽃처럼 환해지는
얼굴 얼굴들이 눈앞에 어린다

왁자지껄 뛰놀던
팔남매의 발자국 소리

발자국 소리 스산하다

눈에 익은 감나무 살구나무도
고목 되어 잠이 들고

잡풀이 키를 넘었다

마당귀에 내 어머니가 좋아하시던
담홍색 영산홍과 자산홍은

눈꺼풀 반쯤 뜨고 눈웃음으로 반긴다

신방돌 위에 놓인 낡은 신발 한 짝
푸르른 시간들을 손짓하듯

가슴 속에 그리움이 일고

해질녘 생솔 타는 연기 끝자락에 따라가는

"밥 묵어라"
"밥 묵어라"

어머니의 환청소리

이름 모를 풀벌레 울음소리만 빈 뜰에 구슬프다
이름 모를 풀벌레 울음소리만 빈 뜰에 구슬프다

딸

딸 둔 사람들이 딸 자랑하면
멍하니 듣다가 살며시 부러워진다.

생전에 우리 어머니는
딸 없는 나를 안타까워 하셨다.

딸이 있어야 하는데…
나이 들수록 딸이 좋은데…

아들만 둘 장가보낸 후에야
어머니의 말씀이 들린다.

그러나
살갑지도 않는 딸
싱거운 나를 보실 때마다

어머니는 얼마나 서운했을까
새삼 죄송스럽다.

만약 나에게 나를 닮은 딸이 있었다면
나 또한 얼마나 서운했을까

답을 찾고 나니 부러움도 서러움도
바람같이 사라진다.

한강의 겨울밤

하얗게 질려서 잠이 든 한강에
우리들의 삶이 묻혀서 추위에 떠는데
얼음꽃 피어서 눈이 시리다

인적 끊긴 한강변
주인 잃은 벤치에는
칼바람만 일고 있다

갈대는
부뚜막 털고 나온 강아지 꼬리 되어
철새 보금자리
고추바람 막아준다

열병합발전소 연기는
긴 고드름 되어 하늘 길 열어주고
오리배는 얼음 위에 잠드는데

하늘의 별들은 차가운 미소로
겨울 한강 기슭에 머물러 있다

새벽달

새벽 5시
고요한 조깅 길에 나서면
하얀 새벽달이 먼저 반긴다

세상 뜬 내 언니가
생전에 새벽길 조심하라 걱정 많더니
새벽달 되어 나의 길 밝혀주는가

동트면
안개처럼 사라질
새벽달 속 내 언니

언니야
내일 새벽 또 만나자

천국에서 사는 아이

모태에서
오염된 식수로
잘못 태어난 아이

해맑은 미소 지으며
빨대 한 다발 꼭 쥐고 다니는 아이

세상 근심 걱정을 모르는 아이

오가는 사람들의 생각 많은 표정과 달리
맑은 미소로 사는 아이

세월이 흘러서 어느새
중년 아저씨가 되었지만

그 아이 지금도
그 모습으로 천국에서 살고 있다

오늘 밤에도 푸른 달빛 아래
색색 빨대 다발을 두 손에 꼭 쥐고

누구를 기다리는 듯 서성이고 있다

친구

어릴 적에 동구 밖 청솔 숲속에서 뛰놀던
곱슬머리 내 친구

풋풋한 보리 내음 맡으며
함께 꿈을 키우던 내 친구

내가 詩人 되던 날
하늘만큼 땅만큼 기뻐하던 내 친구

마음이 어여쁜 천사 같은 내 친구
깔깔대던 웃음소리 귓전에 맴도는데

갑자기 부음으로 전해 들은 너의 싸늘한 소식에
내 가슴 덜컥 내려앉았다

하늘은 까맣게 물들어
슬픈 강물이 흐르고 흐르고

친구야

백합 같은 너의 향기
내 마음에 영원히 흐르게 하리라

제 5 부

하늘공원
꽃송이
세상에서 가장 아름다운 목소리
아버지의 눈물
치매
첫눈
사랑스런 내 딸 詩
병실에서
천사의 미소 (1)
천사의 미소 (2)
행복
하늘공원 정상에는
고목에 핀 꽃
매화 그 맑은 미소

하늘공원

291계단을
숨 가쁘게 오르니

이마에 닿은 하늘이 차다

어스름
그믐 달빛을 받은
새벽잠에 취한 코스모스

서리 내린 억새마다
은구슬이 영롱하고

하늘공원 뜰에는
추석 맞을 준비로

모두가 분주한 마음이다

꽃송이

- 뇌성마비 시인들과 함께 하던 날

여기

화려하지도
향기 짙지도 않은 꽃이 피었습니다.

지나가는 사람들과 무심히 눈 맞추면
영혼이 빛나는 꽃

바람이 지나가면
함께 손 흔들어주고 위로가 되는 꽃

여러분은
영혼이 빛나는 송이송이 꽃송이입니다.

세상에서 가장 아름다운 목소리

전화벨이 울렸다

세상에서 가장 아름다운 목소리가
귓전에 닿았다

보름달을 보고
할머니 건강을 빌었다던

다섯 살 손녀 목소리다

싱그런 풀잎에 이슬인 듯

영롱한 손녀 목소리엔
꽃내음이 묻어 있다

아버지의 눈물

우리 아버지는
가슴에 7공주를 안으셨습니다
그 중에 막내로 태어난 나를 유독 사랑 하셨습니다

고만고만할 때
양쪽 무릎 세우시고 두 손 깍지 끼워서
손그네 태워주신 우리 아버지

마냥 행복했던 우리 7공주는
아버지의 팔이 아프신 줄도 몰랐습니다

7공주의 응석을 즐겁게 받아 주시고
침묵으로 빛이 되어주신 우리 아버지는

힘겨운 날들이 있어도 얼굴빛 한 번 변치 않으시고
좋은 것 있으면 7공주 앞으로 내미시는 우리 아버지

우리 아버지는

항상 미소 띤 얼굴이었습니다

화를 낼 줄도 모르고 눈물도 없는 줄 알았습니다

원래 그런 줄 알았습니다
세상 모든 아버지가 다 내 아버지 같은 줄 알았습니다

그러던 1975년 봄

막내딸 혼례 날 받아 놓고 내 손 꼭 잡으시더니

"잘 살아야 한다" 다독이시며 마른 입술 위로 눈물을 쏟으시던
우리 아버지

그때서야 처음 보았습니다
우리 아버지의 붉게 물든 눈물을

이제 강산이 수삼 번 변하여
한 줌 흙으로 삭아버린 우리 아버지는

깊은 강물이었습니다
햇살처럼 따사로운 가슴이었습니다

나는 다시 태어나도
또 우리 아버지의 막내딸로 만나고 싶습니다

아버지! 아버지!
우리 아버지 사랑합니다

치매

어느 날
자애로운 어머니의 눈빛이 흐려지더니

아들을 오빠라 불렀다

무서운 불치병!
약도 없는 치매병!

눈앞에 모든 것이
갯마을로만 보이시니

날마다 바구니 들고
조개 캐러 간다던 어머니

그 엉뚱했던 5개월 남짓 세월
그 세월 시달리다가 이승 떠나실 때

잠깐 맑은 정신으로 남기신 말씀이

내 삶에 활력소가 되었다

첫눈

첫눈이 내린다
축복의 꽃으로 내린다

첫사랑 같은 설렘으로
사분사분 첫눈이 내린다

고향집 뜰에 내리듯이
소복소복 흰나비로 내린다

첫눈이 내린다
반가운 첫눈이 내린다

첫눈에 묻어온 추억이
내 마음에 하얗게 내린다

사랑스런 내 딸 詩

나는
아들만 둘 있다

딸이 셋 있으면
금메달이라 하고

아들 둘 있으면
목메달이라 했던가

나는
딸이 없다

칠공주 딸 부잣집에서
태어난 갚음인가

그러나 나에겐
열 딸 부럽지 않은 사랑스런 딸 詩가 있다

혼자 있을 때
내 머리 속에서 비잉비잉 돌고

외로울 때
금방 달려와 안기는 내 딸 詩야

달래주고 풀어주고

내 마음 속을 훤히 들여다보고 있는 딸

잠자리에서도 친구가 되어주고
위로가 되는 내 딸 詩야

너와의 소중한 인연은
내 삶 다할 때까지 함께 할 운명인 것을

사랑스런 내 딸 詩야
사랑스런 내 딸 詩야

병실에서

- 어머니의 마음

병실 창문 너머 산을 바라보면서

산아!
너는 이 겨울이 가고 나면
푸른 옷으로 갈아입겠지.

나는
이 계절이 가기 전에
아주 먼 길을 가야 하는데

나 잠시
그 푸른 옷을 빌려 입고 싶구나

하지만 나
평생 색동옷 수 번 갈아입었단다

이제
행복했던 그 순간들을

감사하면서

후회 없이 떠나련다

천사의 미소 (1)

– 아가에게

이 세상 어떤 꽃이 이렇게도 이쁠까

잠자는 모습, 웃는 모습, 우는 표정
삐진 입술까지도 꽃봉오리 같아라

아가야!
내 가족으로 태어나서 고맙구나

하얀 젖니 반짝이며
방실방실 너의 미소는
모든 시름 잊게 하는 천사의 미소

예쁜 그 모습
세파에 흔들리지 않는 불멸의 꽃으로
사랑의 꽃 평화의 꽃 피우리니

천사의 미소 (2)

- 아가에게

세상이 온통 눈꽃으로 환하던 날
갓 피어난 우리 아가의 미소가 눈부시다

꿈꾸는 듯 배냇짓 그 미소
금실 같은 향기가 하늘하늘 피어난다

정녕! 천사의 미소다

방실방실 향그런 그 미소는
세상 모든 시름 다 녹이리

아가야
따스한 햇살 받아
5월의 신록처럼 푸르게 푸르게 자라서

천사의 미소로
어두운 곳에 빛이 되어주길 바란다

행복

일요일 아침

성당 갈 시간인데
뭉그적 뭉그적 리모컨을 놓지 못하고 있다

애꿎게
채널만 돌리고 돌리는데

문득
문학 강좌 화면이 나와서
눈이 번쩍 빛났다

때 마침
아름다운 시 한 편이 화면에 흘렀다

순간 포착!
폰으로 건졌다

아! 이 행복감
이런 내 마음을

설마 하나님도 용서하시겠지

하늘공원 정상에는

하늘공원 정상에는
하늘 담은 그릇이 있다

철따라 피는 크고 작은 풀꽃과
은물결 출렁이는 억새 울음까지

천태만상의 변화를 담은 그릇이 있다

삶의 고단한 생각은
한강 강바람에 실려 보내고

허리띠에 매단
수천 개의 자물통에 소원을 빌어

담아도 담아도 넘치지 않는 그릇

하늘공원 정상에는
하늘 담은 그릇이 있다

고목에 핀 꽃

- 傘壽 K선생 문학상 시상식에서

고목에 꽃이 피었네

함박눈 속에 고고한 자태로
팔순 고령에 큰 영광이네

축복 속의 환한 미소는

그 살아온 모습이듯이
인간 승리의 미소여라

고목에 꽃이 피었네

아름다운 노을 앞에서
황홀하게 눈이 부시네

매화 그 맑은 미소

- S선생님을 생각하며

고추바람 칼바람에도
용케 잘 견디어 있다가

제일 먼저 꽃을 피워
맑은 미소를 띤 매화

부드러운 햇살 받아
산뜻한 생기와 품격 솟고

매화가지의 굵은
마디마디는

어머니의 손마디 같아라

매화 앞에 서면
정갈한 모습으로 반기는

시원 선생님 모습 떠올라

맑은 미소가 흐른다

매화는
인내와 끈기의 꽃

그 향기는
우리 시원선생님의 인품

영혼의 노래—아리랑

함홍근
시인 · 지구문학작가회의 고문

우리들은 생을 다하는 날까지 삶의 연속을 위한 생활 속에서 그것을 영위하기 위하여 꾸준한 노력의 열정을 쏟고 있다. 환경이나 처지, 입장에 따라 다양한 삶의 형태가 이루어지고, 또 이어지면서 많은 시간을 기쁨 속에 보내는 사람도 있을 것이고 또는 슬픔을 감내하면서 눈물로 얼룩진 시간적 접속으로 겨우 겨우 지탱하는 '팔자타령'의 한숨 섞인 삶도 있을 것이고, 손발이 트도록 노력하지 않으면 삶을 이어가기 힘든 사람도 있을 것이다.

이러한 삶의 애환을 이고 지고 가면서도 인간적인 생활에 활력을 불어넣으며 격려하고 또는 노래하면서 목마른 삶의 현장에 갈증을 덜어주는 한 모금의 생명수, 표주박 물과 같은 약효가 예술이요 문학이요 시라고 본다.

인간은 누구나, 어느 가정이건 자신만이 아니라 가정적 행복을 더 앞서 바라는 사람도 많을 것이다. 부부간의 행복, 자녀들의 행복을 위한 헌신적 희생은 동서고금을 막론하고 쉬임 없이 이어져 왔고, 또 영원히 지속되리라 본다.

삶의 형태가, 희로애락의 형태가 다양하듯 도저히 헤아릴 수 없는 인간의 내면 저 깊은 곳, 사람의 마음 속을 쉽게 감지할 수 없듯이, 한 편의 시를 써내려가는 사람의 무궁한 솜씨 또한 찾아내어 우리들 손바닥에 올려 놓을 수 없는 것도 부인 못할 사실이다. 사상이나 이념에 취해 그것을 당연시하고 선봉적 외침으로 끌고 가려는 자기자찬 미화적 무리의 시인도 있을 것이다.

반면 일상적 생활의 단편들을 정리정돈하고 표현하려는 현실적 노래만을 자긍으로 여기는 시인도 있을 것이고, 우리의 금수강산, 자연의 푸르름과 맑고 깨끗한 산골의 조잘거리는 물흐름까지 찾아내면서 몸소 체득하고 느끼고 감성에 젖은 노래만을 즐기는 시인도 있을 것이다.

시는 정직해야 한다. 시는 꾸밈이 없어야 한다. 시는 감동을 주어야 하며 교훈적이라면 더더욱 좋을 것이다. 지나치리만치 현학적이요, 자기 과시적 시편들이 칭송을 받고 어려운 내용만이 좋은 시라고 웅변하던 시대는 찬바람을 맞고 있다. 외면을 맞고 있다.

우리들 일상 속에, 삶의 생활 속에 질펀하게 젖어 있는 소재들을 하나 하나 마른 걸레로 닦아내듯 다듬고 가꾸어서 꽃피우는 노력이 시인의 사명일 것이다. 예술의 올바른 항로일 것이다.

둘째 아들 혼례 날 받아놓고
예단 받던 날

하늘도 푸르러 푸르러

5월의 향기
바람에 일렁이고

색색 고운 보자기 속 예물
새아기 솜씨 눈이 부시네

꽃잎인 듯 내려쓴
정성 어린 편지 한 장

열심히 배우고 익혀서
어여쁜 며느리로 다시 태어나

가풍 이어 대대손손
행복 꽃 피우리라는 갸륵한 마음

새아기 예단 속 꽃 편지
어느 금은보화에 비하랴

기쁨 가득 찬 가정 이루어

소담스런 열매로
뿌리 내리기를 당부하마

사랑한다 우리 새아기
사랑한다 우리 새아기

-〈예단 속 꽃 편지〉 전문

표제작 〈예단 속 꽃 편지〉 전문이다. 예단 받던 날의 감동을, 행복감을 잘 그려내고 있다. 어떤 기교나 비유나 과장이 없는 시공적 현실이 선명하게 표출되고 있다. 감격이, 그날의 기쁨이 보물처럼 펼쳐져서, 읽는 사람들에게도 조용한 미소를 머금게 한다.

"색색 고운 보자기 속 예물/ 새아기 솜씨 눈이 부시네// 꽃잎인 듯 내려쓴/ 정성 어린 편지 한 장// 열심히 배우고 익혀서/ 어여쁜 며느리로 다시 태어나" 등 11연의 구성 역시 탄탄한 구조물이다. 1행이 1연인 2,9연이나 2행 1연으로 배열한 9연의 구성은 예단 속의 편지 만큼이나 넘치는 반가운 인상을 준다.

며느리 될 사람의 다짐과 시어머니 될 어른의 답장적 다짐도 되새겨 볼 만하다. 서로가 만나 연인이 되고 사랑의 결실로 가정을 이루게 되는 며느리의 굳은 각오는 요즘 젊은이들에게서는 흔히 볼 수 없음이 분명하다.

"배우고 익혀서" 에서의 적극적 다짐적 결의는 시부모에게는 한없는 기쁨이요 행복일 것이다. "예쁜 며느리로 태어나" 의 각오는 더욱 든든한 함성으로 퍼져 나갈 것이다. 무언의 약속이요 맹세이리라.

신유하 시인의 시는 기교를 부리려 하지 않는다. 그것은 신 시인의 시가 과장된 꾸밈이 없다는 뜻이다. 순수하고 진솔하다는 뜻이 더 클 것이다. 맑고 투명하며 심금을 울리는 "외침의 함성" 이 가득하다는 뜻도 될 것이다. 요란스럽지 않다. 조용하고 정숙하다. 우리들 삶의 깊숙한 곳, 한국적 정서만을 노래하고 휘감고 사는 사람이다. 신 시인이 즐겨 입는 한복만큼이나 우아함과 다정함이 잘 드러난 시가 신유하 시인의 시의 세계다.

다정다복한 가정적인 시, 순결 정숙미 넘치는 한국적 여인의 소박함, 그러면서도 영혼이 담긴 듯한 우리의 전통적 토속적 시편들의 낭랑함은 신 시인이 즐기는 시낭송의 운율만큼이나 때로는 뭉클함을 주고도 남는다. "영혼의 노래—아리랑" 같은 주옥편들은 독자로 하여금 깊은 감동을 갖게 할 것이다.

이른 아침
전동차가 토해낸 발들이 밀려온다

가파른 계단을
앞서거니 뒤서거니 부산하다

하이힐을 신고 뛰는 발

무거운 짐을 지고 더디게 내딛는 발

삶의 무게를 진 발소리가 출렁인다

무수한 발 발 발

바쁜 일상에서
혼탁한 세상의 힘이 되어

백번 넘어져도
다시 일으켜 세우는 발

-〈발足〉 전문

어둠이 걷히고 다가선 아침의 청량함은 누구에게나 용기와 희망을 안겨준다. 아침은 하루의 시작이요 등굣길, 출근

길이다. 바쁘게 종종걸음으로 일터로 직장으로 학교로 달려가는 사람들의 분주한 모습이 눈에 어려 영상을 보는 듯한 생동감을 준다.

가고 싶은 데로 가고 오고 싶은 데로 올 수 있는 우리의 소중한 발, 모든 사람들의 신호탄이요 나침판 같은 지침서이다. 인간시장의 거대한 스케치이다. 사장님의 발, 회사원의 발, 일터를 찾아 헤매는 일용직 노동자의 발, 알바생들의 발, 배움을 안고 달려가는 학생들의 가벼운 발, 근심 걱정으로 내딛는 무거운 발, 발, 발.

"전동차가 토해낸 발들이 밀려온다" 에서처럼 하루 하루 힘차게 살아가려는 우리들의 이웃들의 아버지, 어머니들의 근면함이 하루를 힘차게 열어 젖히는 출발이 펼쳐지고 있음을 본다.

계단이든 언덕이든 골목이거나 굽은 길, 곧은 길이거나 어둡건 환하거나 슬프거나 기쁘거나 가야만 하는 발, "앞서거니 뒤서거니 부산하다" 에서처럼 열심히 부지런히 살아온 우리들의 참모습일 것이다. "바쁜 일상에서/ 혼탁한 세상의 힘이 되어"는 힘든 역경을 뒤엎고 일어선 자신의 노고에 대한 한 줄기 회상이며 격려로 간주하고 싶다.

이러한 결의와 격려는 남은 인생이 또다시 힘겨울지라도 과감히 헤쳐나가겠다는 용기가 "백번 넘어져도/ 다시 일으켜 세우는 발" 에서 분명하게, 또 강렬하게 외치고 있다. 또 한 번의 다짐이요 불굴의 조명탄이다.

좁은 골목을 거쳐야 가는 우리 집
중간쯤에 반지하방 허름한 주렴발 틈으로

희미한 불빛이 정겹다

생선 튀기는 냄새
뚝배기 된장 끓는 냄새

안주인의 분주한 모습이 눈에 선하다

오늘도 가족의 빈 속을
따끈하게 채워 줄 찌개 냄새가

주렴발 너머에 홍건하다

– 〈반지하방〉 전문

우리들 삶의 한 단면이다. 지하방이나 반지하방에서 살아 본 사람은 그 쓰라림을, 그 서러움을 알 것이다. 오며 가며 스치게 되는 좁은 골목의 반지하방에서 풍기는 가정적 행복의 냄새, 안주인의 부지런한 희생적 움직임 속에 우러나는 여러가지 음식들의 구수한 냄새, 경제적 어려움 속에서도 참고 견디어 온, 찰찰 넘쳐 흐르는 행복의 냄새, 정다운 가족의 냄새는 연기처럼 하늘로 피어 올랐을 것이다.

“반지하방 허름한 주렴발 틈으로// 희미한 불빛이 정겹다” 서민적 삶의 냄새, 한국적 전통적 냄새에 온 골목이 취했을 것이다. 어둡고 답답하여 열어 놓은 주렴발 틈으로 언뜻언뜻 보이는, 그러면서도 부지런히 오가며 가족을 위한 자녀들의 건강한 식단을 맵시 있게 주무르고 있는 안주인의 말없는 노고에 숙연했을 것이다.

“생선 튀기는 냄새/ 뚝배기 된장 끓는 냄새” 우리들 일상의 냄새요 삶의 냄새요 인간 본향의 냄새이리라. 보글보글 끓어오르는 넘칠 듯 넘쳐나지 않고 뚝배기 속을 가득 채우며 울부짖는, 때로는 조잘거리며 웃어주는 듯한 그 소리, 그 냄새가 바로 우리들 삶의 현장이요 영원한 고향이리라.

언제나 그러하듯 “오늘도 가족의 빈 속을/ 따끈하게 채워 줄 찌개 냄새가”골목을 적시고도 남으리라. 사랑의 냄새, 가족의 냄새가 지나가는 사람들이 허기진 배를 움켜쥐고 더욱 빠른 걸음으로 집으로 향하게 하리라.

“주렴발 너머에 훙건하다” 대미를 장식하는 마지막 한 줄 한 연의 표현은 반지하방 아주머니의 맛깔진 솜씨처럼 그냥 지나쳐 버리기 아까운 신 시인만의 뛰어난 기술의 특징이기도 하다.

그 때

윤기 흐른 머릿결을

올백으로 넘긴 모습을 보고
한눈에 반하여 콩깍지가 씌였지

어느 새
하얀 머리가 되어 내 앞에 앉아 있는 남편

좁아진 어깨 위로
백발에 얽힌 세월이 지나간다

흰 머리카락 올올이 힘겹게 서 있는
머릿속을 살피다가

문득 코끝이 시큰해 온다

– 〈남편 머리 염색하던 날〉 전문

세월은 간다. 잡으려 해도 붙들고 늘어져 보아도 매정하게 뿌리치며 떠나가는, 달아나버리는 세월을 어느 누가 막으랴. 너무나 빨리 흐르는 세월이 아쉽지 않은 사람이 어디 있겠는가.

그렇다고 한탄만 하고 젊은 날의 곱디 고운 추억에만 젖어 있을 수도 없다. 아름답고 즐거웠던 추억을 간직하면서 남은 여생이나마 더 곱고 더 착하게 살아가려는 마음이나 다짐이 우리들에게 더 요구되어야 한다.

"윤기 흐른 머릿결을/ 올백으로 넘긴 모습을 보고/ 한눈에 반하여 콩깍지가 씌였지" 흰머리 파뿌리가 되어 내 앞에 덤덤히 앉아 있는 남편을 바라보는 작가의 마음이 애처롭기까지 하다. 모든 생명체는 태어나는 순간부터 소멸의 멍에를 부여받고 태어난 것이리라.

참으로 열심히 성실하게 근면하면서, 사랑하면서 살아온 내외가 서로 머릿결을 만져주면서 느끼게 되는 회한도 크리라. 때로는 기쁨도 넘쳐 흘렀으리라.

"어느 새/ 하얀 머리가 되어 내 앞에 앉아 있는 남편// 좁아진 어깨 위로/ 백발에 얽힌 세월이 지나간다" 누구나 다 느끼는 세월의 공허함, 허무함이지만 온갖 정성을 기울여 남편의 머리를 염색하는 사랑의 온도가 너무 선명하여 부러움까지 사게 되는 마음이다. "문득 코끝이 시큰해 온다" 감동의 순간이다. 진실의 실체이다. 아마 남편분도 말없는 말, 흐르지 않는 눈물을 안으로 삼키며 감격했을 것이다.

우리 아파트 화단에
진달래가 화사하게 미소 짓던 날

커다란 상자 하나 택배로 왔습니다.

상자 속에는
고구마 종자 자줏빛 씨눈에

수줍은 듯 새색시의 미소가 어리고

까만 비닐봉지 속 어린 쑥 한줌

고향 봄소식 전하고파
몸을 비집고 따라왔습니다.

쌀자루 팥자루 콩자루에는

논두렁 밭두렁 호미질로
어머니의 땀방울이 배어 있습니다.

상자 속 봄소식에

거칠어진 어머니의 손마디가 떠올라
뭉클해진 마음입니다.

-〈봄소식〉 전문

화단에 화사하게 피어난 진달래와 함께 찾아온 봄, 그립던 어머니의 택배상자, 어머니의 얼굴이요 어머니의 피 같은 마음이다.

겨울이 가면 봄이 온다. 어머니의 정성과 함께 온 봄, 봄은 희망이요 생명이요 소생의 계절이다. 봄, 얼마나 가슴

뛰노는 말인가. 오지 않는 봄을 마음 속으로나마 갈망하는 간절함이 늙어가는 사람들의 피 같은 열망일 것이다. 다락방의 기도 같은 것일 것이다.

"진달래가 화사하게 미소 짓던 날" 바쁜 걸음으로 도착했을 택배상자. 연로하신 어머니의 자식 사랑하는 마음이 택배상자 속에 봄소식을 한 아름 안고 그 먼 길을 달려 온 것이리라.

"고향 봄소식 전하고파/ 몸을 비집고 따라" 온 어머님의 넘치는 사랑에 늘 어리기만 한 딸은 감격, 감동에 젖는다. 보이지 않는 눈물을 본다. 눈물을 삼킨다. 그리고 어머니가 계신 쪽을 한참이나 바라보았을 것이다.

가득가득 상자에 채워 보내는 어머니의 마음만큼이나 딸자식도 기약없는 '마음'을 기다렸을 것이다. 모녀간에 서로의 마음과 마음으로 전이되는 텔레파시가 있었을 것이다. 막연한 기다림이 아니라 당연한 기다림이었을 것이다.

만개한 진달래꽃의 미소에 섞여 형상화된 사물로 나타난 택배상자, 어머니의 인자하신 얼굴이리라. 어머니의 사랑이 구체화된 고구마 종자, 쑥 한 줌, 쌀, 팥, 콩자루로 연결되는 연상능력은 매우 신선한 느낌을 준다.

"거칠어진 어머니의 손마디가 떠올라/ 뭉클해진 마음입니다."

어머니의 주름진 얼굴과 땀방울과 거칠어진 손마디를 떠올리며 그 땀방울을 삼키듯 눈시울을 붉히는 시적 전개 역시 높이 살 만하다.

시란 읽는 사람에 따라 그 느낌도 다르게 나타날 수밖에 없다. 동적 구조니 뭐니 학설적 이론을 세우지 않더라도 모두가 갖게 되는 공통적인 이해나 감상의 잣대가 있을 것이다.

신유하 시인의 시는 한 걸음 더 앞선 동양적이요 한국적이요 토속적이요 가정적인 일면들이 여기 저기에 번득이고 있다. 시의 소재나 제재에 있어서도 구애받지 않는 특이함을 담고 있다. 자연스럽고 자유롭게 고르고 전개하고 시의 맺음에 있어서는 더욱 간결하고 신선하여 읽는 이에게 미각적 입맛까지 다시게 한다.

자칫 오염되기 쉬운 사상적, 이념적, 참여적 티끌이 없는 순수시의 지향성을 보이고 있음도 장점의 하나요, 가정적 사회적인 아름다운 시편들을 대할 수 있음도 그 또 하나요, 그러므로 그 시인의 언행이나 심성까지 볼 수 있음직하여 부족한 졸필이나마 힘찬 박수를 보내고 싶은 마음이다.

2019. 2. 28

한강물을 굽어보며

예단 속 꽃 편지

•

지은이 / 신유하
펴낸이 / 김정희
펴낸곳 / 지구문학

03140, 서울시 종로구 종로17길 12, 215호(뉴파고다 빌딩)
전화 / (02)764-9679
팩스 / (02)764-7082

등록 / 제1-A2301호(1998. 3. 19)

초판발행일 / 2019년 4월 5일

값 10,000원

E-mail/jigumunhak@hanmail.net

ISBN 978-89-89240-18-1 03810